Ie                              24895

# LA
# CONTRE-SATIRE

## ET

## AUTRES PIÈCES FUGITIVES

### DE M. Auguste DE LABOUÏSSE.

A TOULOUSE,

De l'Imprimerie de Veuve DOULADOURE.

An XII. — M. DCCC. III.

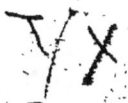

---

# A MONSIEUR CARRÉ,

## PROFESSEUR DE BELLES-LETTRES,

*En lui envoyant une copie du manuscrit de* la Contre-Satire.

---

Saverdun, 12 Novembre 1803.

ON dit, Monsieur, et j'en suis très-surpris, que vous avez corrigé la Satire de *Toulouse Littéraire.* Il est bien certain qu'elle ne peut être entièrement de vous, ou vous auriez le singulier talent de bien déguiser la concision, l'élégance et la force de votre style. D'ailleurs quel avantage pourrait-il vous revenir d'être loué dans un pamphlet où l'on injurie tout le monde ?

A 2

Permettez-moi de croire que cette version n'est qu'une calomnie : non, vous n'avez pu être l'auteur de cette diatribe. Du moins si vous l'étiez, je n'y serais point nommé ; moi, de qui vous avez reçu tant d'avances de politesse.

A propos de cela ; il y a bien long-temps, que vous m'avez promis de venir vous reposer dans ma retraite littéraire, de vos travaux de professeur. Venez y jouir d'un site agréable, de la liberté, et d'un accueil plein de franchise. Vous ne trouverez pas chez moi l'air empesé du grand monde ; mais vous y verrez cet objet plein de charmes et d'esprit, que j'aime en dépit de la mode et du ridicule.

Celle qui fait tout mon bonheur,
( Eh ! n'est-ce pas nommer Eléonore ? )
Vous la verrez belle comme l'aurore,
Effacer tout par sa fraîcheur ;
Et vous direz : c'est une fleur
Qu'un baiser du zéphir colore.
Vous verrez ses talens, son esprit séducteur.

Réunis aux grâces de Flore.
Vous entendrez sa voix douce et sonore
S'accompagner sur un clavier flatteur,
Ou, dirigeant un crayon enchanteur,
Vous la verrez plus belle encore
Que la Vénus qu'à Cythère on adore,
Et telle qu'elle est dans mon cœur.


J'ai l'honneur de vous saluer,

AUGUSTE DE LABOUÏSSE.


*Nota.* Au moment où j'envoie ceci à l'impression, je n'ai pas reçu de réponse de M. Carré ; mais je sais très-certainement ( et je me fais un plaisir de le publier ) qu'il n'a nullement travaillé à l'ouvrage dont on le disait éditeur.

Messieurs *Gaude*, *Boilleau*, ou tout autre, attaqués par l'anonyme, auraient dû lui riposter. Mais ils auraient perdu les éloges qu'ils méritent ; moi qui n'ai rien à perdre

A 3

sous ce rapport , je me suis fait un devoir
de les remplacer.

### *A mon Imprimeur.*

MON ouvrage est bien retardé ; mais puisque j'y
suis à temps , placez-y cette note :

Depuis que mon manuscrit est à l'impression , M.ᵗ
*Carré* a répondu à ma lettre d'une manière très-amicale.
Il m'assure n'avoir pas lu la satire dont je lui parle :
j'en suis persuadé. La simple dénégation d'un homme
d'honneur , doit être crue de préférence aux sourdes
et lâches accusations de la calomnie.

# PRÉFACE.

UN anonyme fait des vers : il n'y a pas beaucoup de mal à cela , surtout s'ils sont bons. Mais c'est une satire qu'il publie : tant pis pour lui. Je plains le malheureux qui a besoin de mordre et de nuire. Quel triste plaisir ! celui-ci attaque ce qu'il y a de plus instruit et de plus aimable dans Toulouse. Aussi je suis très-étonné que ce distributeur d'injures ait trouvé M. Carré indigne des siennes. En vérité, ce littérateur a trop de talent pour avoir été condamné à de pareils éloges. Ce qui m'étonne encore, c'est qu'il ait daigné songer à moi; non que je ne lui pardonne d'avoir trouvé mes faibles ouvrages ennuyeux : outre que je leur crois peu de mérite, je sais fort bien que de pareilles disgrâces n'arrivent qu'à charge de revanche.

A 4.

Vous me sifflez, je vous siffle à mon tour.

Mais je lis dans une note : *Cet auteur...*
*aime sa femme, ses vers plus que sa*
*femme, et la gloire plus que ses vers.*
Je ne comprends pas trop la dernière partie
de cette phrase ; la seconde est une calomnie ; quant à la première, voici ma réponse.

> Sois donc plaisant, toi qui veux rire ;
> Moi je ris de tes vains discours :
> Mais je défendrai mes amours
> Des sarcasmes de ta satire.
> Je puis t'abandonner mes vers,
> Non pas l'objet de ma tendresse :
> Lance contr'eux tes traits divers ;
> Au sein de ma jeune maîtresse
> Que m'importent tes sots travers ?
>
> Ah ! dussé-je troubler ton ame
> En avouant mes tendres fers,
> Je dirai : l'objet que je sers
> Est et ma maîtresse et ma femme.
> Je l'aime, et ne m'en défends pas.
> Tu vas me trouver ridicule ?
> Mais jamais objet plein d'appas

En bonheur, en tendresse, hélas !
De toi ne fera mon émule.

Quoi, d'Apollon les favoris
Seraient sur ton martyrologe !
Que je te plains ! dans tes mépris
Ces méchans n'ont vu qu'un éloge.
*Boilleau*, qu'avec plaisir je lis ;
L'aimable chantre de *Zélis* [1]
A sa gloire hélas ! infidelle ;
*Dieu-la-Foi*, *Baour*, *Labeaumelle* [2],
Que t'ont-ils fait, pauvre inconnu ?
Ces auteurs jamais ne t'ont vu,
Et n'attendaient rien de ton zèle.
Tu leur offres dans ta fureur
Une épine au lieu d'une rose.
Infortuné ! pour ton bonheur
Tâche donc d'aimer quelque chose.

Soyons vrais envers ceux même qui ne
le sont pas. Quelques traits heureux brillent
dans la satire que je vais réfuter. Si le style
est plein de négligence, on y remarque
cependant des vers concis et bien frappés :

Il en est jusqu'à trois que je pourrais citer..
(*Despréaux.*)

A 5

Mais c'est bien peu de chose aux yeux de la critique, c'est un faible mérite pour plaire aux gens de goût, et surtout, ce n'est pas un titre pour être injuste et méchant.

Saverdun, ce 31 Octobre 1803.

*Nota*. Diverses causes ont empêché de faire paraître plutôt ce manuscrit.

---

# NOTES.

( 1 ) Monsieur *Auguste Gaude* a dans son porte-feuille des pièces dont il est trop avare. Il est actuellement occupé d'un poëme : les amis des lettres et des vers doivent désirer sa prompte impression.

( 2 ) Ce n'est pas faute de talent que Monsieur de *Labeaumelle* est peu connu : son insouciance en est la seule cause. S'il publiait ses ouvrages, on les trouverait dignes du nom qu'il porte.

# LA CONTRE-SATIRE.

A l'auteur de *Toulouse Littéraire*,
*Musicienne*, etc.

J'IGNORAIS qu'à minuit ce fût un grand plaisir
D'employer à médire un temps fait pour dormir.
Mais pour toi c'en est un ; oui, ta veine jalouse
Noircit les écrivains dont s'honore Toulouse.
Et, tandis que Morphée assoupit ton quartier,
Tu fais contr'eux des vers pour te désennuyer :
Ton génie inspiré par l'Ange des ténèbres,
Déchire sans pudeur leurs ouvrages célèbres.
Malheureux ! que t'ont fait ces aimables auteurs ?
Ils te déplairaient moins s'ils étaient sans lecteurs.
Tu prétends à la gloire, et l'envie est ta muse.
Laisse, laisse *Boilleau*, qui plaît quand il s'amuse,
Dans des chants pleins de grâce offrir à la beauté
Les scènes de l'amour et de la volupté.
S'il nous peint les transports de Gnide ou de Cythère,
Sa main n'arrache pas le voile du mystère.
Ses contes sont jolis ainsi que ses couplets,

A 6

Et ce n'est pas pour lui qu'on garde les sifflets.
O *Gaude*, seraient-ils pour ton charmant ouvrage,
Toi, qui sus de *Laharpe* obtenir le suffrage,
Toi, qu'*Imbert* chérissait, que *Bourdic* estima,
Toi, que pour Apollon l'amour même forma ?
On peut, blâmant en toi trop de délicatesse,
Gronder ta modestie et surtout ta paresse.
Oui, blâme sa paresse et non pas ses écrits :
Erato les dicta, Vénus en fut le prix [1].
Et moi, que t'ai-je fait, Zoïle de Toulouse [2] ?
Que t'ont fait les attraits de ma sensible épouse ?
Que ne me laissais-tu dans mon obscurité,
Cultiver la nature et vivre en liberté ?
Mes chants sont ignorés des filles de mémoire,
Mais j'aspire au bonheur et non pas à la gloire :
Ah ! pourquoi te railler d'un amour si parfait ?
Ton cœur aride et froid ne sent point ce bienfait.


Oui sans doute, ils sont loin ces jours que tu regrettes
Où Toulouse brillait par ses jeux, par ses fêtes ;
Dans la saison des fleurs chère au Dieu des amours [3],
Dans le temple des arts, d'aimables Troubadours,
Heureux du souvenir de l'illustre *Clémence*,
Consacraient leurs accords à la reconnaissance.
Ils ne sont plus : quel Dieu sensible à leurs douleurs
Va ranimer leur voix et va sécher leurs pleurs ?

Qui pourra d'Apollon, quand le faux goût conspire,
Et relever le temple et soutenir l'empire ?

Mais il veille sur nous ce héros protecteur,
Qui menace Albion du poids de sa valeur ;
Il n'a qu'à dire un mot, et le temple se r'ouvre 4.
Quel spectacle brillant à mes yeux s'y découvre !
Mais sans nous occuper de nos futurs destins,
Revoyons les objets de tes chétifs dédains.
Sur quoi les fondes-tu ? Toulouse énorgueillie
Sut donner deux amans à l'aimable Thalie.
L'un peignit *l'Égoïste* et le *Tuteur dupé* ;
On crut retrouver *Plaute* 5, on ne fut pas trompé.
L'autre vint après lui courir la même lice
Et peindre en jolis vers *Défiance* et *Malice* 6.
Leur goût pur et comique enchanta les Français ;
Ton mépris et tes vers manquaient à leurs succès.
Parmi les vrais savans nous voyons *Lapeyrouse* 7
Verser par ses écrits de l'éclat sur Toulouse.
On ne conteste point son mérite réel,
Ni même au *Ver à soie* 8, un talent naturel.
L'ingénieux *Nanteuil* a par fois, dans la ville,
Fait chanter le refrain d'un joyeux vaudeville :
D'un poëme imparfait, qui plaît par ses écarts,
Naguère *Lavedan* a doté les beaux arts 9.
*Cazalès* est fameux par sa mâle éloquence,

A 7

Et par d'affreux revers dont pleure encor la France [10];
*Marin* [11], rival d'*Orphée*, et *Berjau* de *Garat* [12],
N'ont-ils trouvé dans toi qu'un sot ou qu'un ingrat?
Et ce crayon si pur et plus frais que l'aurore
Dont *Cammas* dessina les attributs de Flore [13], ...
Que d'aimables talens ta muse a méconnus !
Quoi ! pas un n'a touché tes esprits prévénus?
Pas un n'a pu charmer tes yeux ou ton oreille ,
Et le temple d'*Isaure* est pour toi sans merveille?
Mais que dis-je? pas un ! tu distingues *Carré* ;
*Carré*, dès son jeune âge aux muses consacré.
Comme toi j'applaudis à la verve facile
De cet élève-ami de l'illustre *Delille*.
Je me plais à louer et sa prose et ses vers :
Ton encens seul peut nuire à ses talens divers.
Mais il en est encor qui de nos tectosages
Honorent la patrie et forcent nos hommages.
Soyons vrais sans murmure et justes sans effort :
Ne te souvient-il plus de la tendre *Beaufort* ?
Le myrthe couronna ses grâces naturelles ,
Et l'amour répeta ses chansons immortelles.
Tu peux à ses côtés voir encor *Lormian*.
Silence ! vils jaloux ! la lyre d'*Ossian*
Soupire en sons plaintifs la complainte nocturne,
Je l'entends : il gémit appuyé sur son urne ;
Éloignez-vous, il peint le trépas de *Calmor*,

La gloire de *Fingal* et son illustre mort.
Avec d'autres crayons, le père de *Nérine* [14]
Fit connaître à Paris sa naïve héroïne.
Combien d'autres encore on me verrait nommer
Si j'offrais tous les noms qui surent nous charmer !
Ce *Ricard*, qui n'est plus, qui traduisit *Plutarque* [15],
*Castillon* [16], comme lui moissonné par la Parque,
Et tant de professeurs qu'il te faut écouter,
Toi, qui dans ton orgueil prétends les régenter [17].

Mais c'en est trop : adieu : je vois venir l'aurore,
Sans doute tu vas fuir [18] ; moi près d'Éléonore,
Heureux d'avoir un cœur, de savoir en jouir,
Je veux à d'autres jeux consacrer mes loisirs,
Et rire des écarts de Pégase indocile,
Qui se cabre et bondit sous ta main mal-habile.

A 8

# NOTES.

( 1 ) Vᴇɴᴜѕ en fut le prix. --- M. Auguste Gaude, occupé aujourd'hui d'ouvrages plus sérieux ; fut, et est encore en correspondance avec plusieurs hommes de lettres distingués.

( 2 ) *Il* déclare dans une note que je suis éditeur d'un recueil de vers intitulé : *Calendrier d'Éléonore*, qui se vend à Paris, chez *Capelle, libraire, rue J. J. Rousseau, n.° 346;* cependant M. *Ernest Gustave*, a avoué cette compilation ; et comme le *Calendrier d'Éléonore* n'est pas un pamphlet, si *Erneste Gustave* est un nom supposé, il était permis de rester anonyme. Quoi qu'il en soit, *il* ajoute sur mon compte : *il a eu la modestie d'y mêler ses méchantes rimes avec la brillante poésie des* Vᴏʟᴛᴀɪʀᴇ, Tʀᴇѕѕᴀɴ, Bᴇʀɴɪѕ, Cᴏʟᴀʀᴅᴇᴀᴜ, Bᴏᴜꜰꜰʟᴇʀѕ, Fʟᴏʀɪᴀɴ, Tʜᴇ́ᴠᴇɴᴇᴀᴜ, *etc. etc. etc....* Comme si tous les jours on ne lisait pas des recueils où se trouvent les meilleures pièces de nos bons auteurs à côté des plus faibles productions. *Voyez l'Almanach des Muses.*

( 3 ) Le 3 du mois de Mai, dans une salle du capitole.

( 4 ) Dès que nos victoires nous auront donné une paix qu'on nous dispute, nous verrons renaître, non-seulement les établissemens utiles, mais encore les établissemens agréables. Le sauveur de la France ne peut être étranger à aucun genre de gloire.

( 5 ) Monsieur *Cailhava.*

( 6 ) Monsieur *Dieu-la-Foi.*

(7) Savant naturaliste, membre de l'institut.

(8) Monsieur *Pié* a fait un poëme sur le *Ver-à-soie*. Il y a de fort jolies choses aussi dans son *Épître à une mère sur l'éducation de sa fille*, et entr'autres ce vers heureux :
L'esprit a sa pudeur ainsi que la beauté.

(9) Monsieur de *Lavedan* a publié un poëme en trois chants sur *les arts*. Il y manque beaucoup de choses ; mais il y en a beaucoup d'agréables, et l'on a trop déprimé cet essai.

(10) Monsieur de *Cazalès*, rentré dans sa patrie, s'est retiré à la campagne au sein de sa famille. Il y vivrait ignoré, si un *Cazalès* pouvait l'être.

(11) On connaît ses succès sur la harpe et le violon.

(12) *Le Chanteur.*

(13) Mademoiselle *Cammas* est une nièce de Monsieur *Bouton*. Sa *Flore* et son *Erigone* sont deux chef-d'œuvres. Elle travaille ses portraits avec beaucoup de goût.

(14) Monsieur Gaspard Lafont.

(15) Les savans estiment beaucoup cette traduction. Le style en est pur, animé, élégant.

(16) Les travaux de Monsieur *Castillon* sont immenses. Il a mêlé les roses de l'imagination aux recherches du savoir. Quoique perdu pour les lettres et ses amis, je n'ai pu me priver du plaisir de rappeler son nom. Les instans où j'ai

A 9.

pu m'instruire en causant avec lui, me sont trop précieux pour que j'en perde le souvenir. D'autres ont couvert de fleurs sa tombe modeste ; moi, j'y ai laissé couler quelques larmes.

( 17 ) Que n'ai-je eu le talent de l'énumération ? j'aurais vengé Messieurs *Saint-Jean*, *Bellecour*, *Corbin*, etc.; mais il est vrai que leurs écrits les vengent assez ; du moins j'aurais célébré Monsieur *Vidal*, récompensé de ses talens astronomiques par les éloges de Monsieur *Lalande*, et j'aurais défendu une foule d'artistes estimables insultés par l'anonyme. Mais qui pourra condamner mon silence, et comment en rougirais-je, quand je compare mes forces au sujet?

( 18 ) C'est l'heure où le hibou se cache.

# PIÈCES DIVERSES.

ELLE unit tout, beauté, grâce et saillie ;
  Et dans sa première saison,
Elle sait plaire à l'aimable folie
  Ainsi qu'à l'austère raison.
Par elle de mes sens l'amour s'est rendu maître,
J'appris à l'adorer quand je pus la connaître,
Et ma muse docile au gré de mes désirs,
Lui consacra mes chants, mes vœux et mes loisirs.
Prends la plume, Erato, c'est mon cœur qui
 m'inspire.
  Que mon vers tendrement soupire,
  Interprète du sentiment.
  Si le poëte n'est amant,
  A la gloire en vain il aspire.
 Au temps heureux et souvent regretté
 Où les plaisirs embellissaient la Grèce,
  Par une folâtre jeunesse
  Amante de la volupté,
La mère de l'amour, Cypris fut couronnée
  Mère des grâces et des ris :

Mais qu'en ce jour abandonnée
On ne parle plus de Cypris.
Et vous, objets divins qu'on a long-temps chéris,
Aimable Hébé, riante Flore,
Je veux d'un nouveau culte élever les autels,
Et que les timides mortels
N'invoquent plus qu'Éléonore.
Que de son règne heureux je vais m'énorgueillir !
A son aspect je vois tout s'embellir.
Pour elle, Ovide eût délaissé Julie,
Properce eût oublié les charmes de Cynthie,
Anacréon lui-même eût chanté tant d'attraits...
Les vers légers de l'aimable Catulle,
Les vers plaintifs du sensible Tibulle
Auraient tous célébré l'objet de mes souhaits.
Ne pourrais-je ainsi qu'eux ?..... D'où te vient ce
    délire ?
Ah ! réprime, insensé, tes imprudens efforts :
Te crois-tu le rival des maîtres de la lyre,
Toi, qui n'en sus tirer que de faibles accords ?
Oh ! je le sens : je n'ai pas leur génie,
Et je prélude encore aux jeux de l'harmonie.
Mais qu'importe à mes vers et surtout à mon cœur
Que sur le Parnasse on m'ignore !
Sans briguer d'Apollon le suffrage flatteur,
Ne suis-je pas sûr du bonheur,

Si j'enchaîne à l'autel la main d'Éléonore ?
La gloire ne vaut pas un instant de plaisir,
Par des chagrins amers elle est trop tôt suivie :
Mais quand l'amour est pur il ne craint pas l'envie,
    Et moins encor le repentir.

~~~~~~~~~~~~~~~~~~~~~~~~~~~~~~~~~~~~

## A ÉLÉONORE EN PRIÈRE.

Dans quel recueillement céleste
    Ton cœur invoque un Dieu de paix !
Lui rends-tu grâce au moins de ses bienfaits ?
Je crains que non : je te sais trop modeste
    Pour t'occuper de tes attraits.

~~~~~~~~~~~~~~~~~~~~~~~~~~~~~~~~~~~~~~~~~

# A MADAME

# DE BEAUFORT-D'HAUTPOUL.

*Elle avait écrit pour moi une lettre à un ami qui était ami du Ministre.*

---

1799.

CE n'est pas assez pour moi, Madame, d'être pénétré de la plus vive reconnaissance; il me faut encore jouir de l'honneur de vous en instruire. Mais est-il d'expression assez forte pour rendre ce que j'éprouve? je sens mon impuissance. J'allais invoquer les muses : mais vous valez mieux qu'elles. C'est à vous que je m'adresse. Dites-vous ce que vous savez penser de plus joli, de plus aimable, et ce sera certainement ce que j'aurais voulu vous écrire. Après avoir joui du charme de votre conversation, après vous avoir remercié de votre bienfait,

plein de votre souvenir, je lus les charmans
ouvrages que vous m'avez donnés :

Ils sont parfaits, ces vers intéressans,
Qui charment à la fois mon esprit et mon ame.
Du malheur de Sapho tu pénètres mes sens.
Ah ! mieux que toi jamais peignit-elle sa flamme ?
Mais comment t'exprimer les transports que je sens ?
A mes brûlans désirs ma lyre est infidelle.
Tes sublimes écrits sont ton plus sûr encens :
Tes vers comme les siens serviront de modèle.


J'ai l'honneur d'être, etc., etc.

## RÉPONSE

*A une Epître de M.* Henri Boilleau, Commissaire des guerres, *où il m'assurait que ma Dissertation sur les femmes aurait du succès.*

———

12 Auguste 1800.

Si j'en croyais vos vers, aimable séducteur,
De la beauté j'obtiendrais le suffrage.
Ah ! peut-on être aussi flatteur?
Mais je comprends : vous louez mon ouvrage
Par indulgence pour mon âge
Et par amitié pour l'auteur.

*N. B.* Ma dissertation sur les femmes était consacrée à repousser plusieurs outrages, à peindre leurs vertus, à chanter leurs talens. Depuis qu'elle a été entreprise,

M. *Legouvé* a publié sur ce sujet un poëme
très - estimé. MM. *de Pinière* , *Auguste*
*Creusé*, et *de Ségur*, ont fait entendre
leurs voix. Désormais mon livre arriverait
tard, et je ne me sens ni la patience ni les
moyens de mieux faire. Pour me consoler du
sacrifice de mon *essai*, je vais relire leurs
ouvrages et les applaudir.

# MADRIGAL.

## A QUATRE DAMES.

LA fable ment ; de ses dires parfois
Je sens combien il faut rabattre :
Elle prétend que les Grâces sont trois,
Tandis que mon œil en voit quatre.

~~~~~~~~~~~~~~~~~~~~~~~~~~~~~~~~~~~~~

# A M. Henri BOILLEAU,

*Commissaire des guerres, à Toulouse.*

---

6 Novembre 1802.

Mon cher BOILLEAU, depuis deux mois
De votre part je ne reçois
Jolis vers, ni prose jolie.
Hélas ! vous m'avez oublié !
Pour moi, fidelle à l'amitié,
N'ayez peur que je vous oublie.

Mais peut-être êtes-vous malade ? je le crains. Si la santé, cette aimable infidelle, n'avait fui loin de vous,

Sur un luth facile et sonore,
Sans doute vous auriez chanté
Les grâces, l'esprit, la beauté,
En chantant mon Éléonore.

Tous les jours je me félicite d'être son époux. Il ne manque à mon bonheur, que de vous voir le témoin de mon ivresse et de vous l'entendre célébrer. Adieu.

# A M. MAURICE ANGLÉVIEL.

28 Décembre 1802.

Oui, vous avez raison, mon cher Maurice, Éléonore est douée d'une sensibilité préférable à tous les attraits de la figure, à tous les charmes des talens. C'est une bonté ! une douceur ! une complaisance ! et cependant elle est jolie. Mais son cœur est encore plus joli que sa physionomie. Aussi vous pouvez bien croire que je ne vous pardonne point d'être parti si vîte. Si vous eussiez cédé à nos instances, vous auriez joui auprès d'elle de quelques heures délicieuses, et vous auriez vu que son esprit était aussi aimable que ses grâces.

Nous eûmes le lendemain le plaisir d'avoir à déjeûner vos deux charmantes cousines. Mon coup-d'œil était si agréablement flatté, que je me crus, nouveau Pelée, destiné à voir rouler sur ma table la fatale pomme de discorde. Heureusement il n'en fut rien. La beauté ne parut pas jalouse de la beauté, et ce déjeûner se passa dans le plaisir de se voir unis et de faire connaissance.

Vous me demandez si je fais toujours ma cour aux Muses. Oui, mon cher, mais c'est avec moins de persévérance et plus de légéreté qu'autrefois ; cependant quand l'occasion se présente, j'aime à chanter Éléonore et mon bonheur. Toutes les pièces que j'ai faites pour elle, ne vous paraîtront peut-être pas assez châtiées. Mais j'aime mieux qu'elles soient filles du sentiment que du travail et de l'étude. Adieu.

# DISTIQUE

## PLACÉ SOUS LE PORTRAIT D'ÉLÉONORE.

Muse et Grâce, en deux mots ce sera son portrait.
Muse, elle nous inspire, et Grâce elle nous plaît.

~~~~~~~~~~~~~~~~~~~~~~~~~~~~~~~~~~~~~~~~~~~~~

# A ÉLÉONORE.

*Envoi du* Diable Boiteux, *Roman de* Lesage.

———————

Boiteux, méchant, espiègle comme un diable,
Tel on prétend qu'est fait le Dieu d'amour.
Qui te connaît, qui te voit un seul jour,
Doit en tracer un portrait plus aimable.

~~~~~~~~~~~~~~~~~~~~~~~~~~~~~~~~~~~~~~~~~~~~~

# A ÉLÉONORE.

## ENVOI D'UNE ROSE.

———————

Que j'aime la métempsycose :
Que ne puis-je adopter ce système enchanteur !
Je m'offrirais à toi sous les traits d'une fleur,
  Et ton amant serait la rose
  Que tu placerais sur ton cœur.

———————

~~~~~~~~~~~~~~~~~~~~~~~~~~~~~~~~~~~~~~~~~~

# SUR LE PORTRAIT DE L'AMOUR.

### DIALOGUE.

PEINTRE, écoute; dis-moi quel est ce beau portrait?
— Ne reconnais-tu pas l'amour, ce Dieu volage?
— L'amour, dis-tu? — Lui-même trait pour trait.
— Erreur. Prends ta palette et refais cet ouvrage.
Enlève ce carquois, cet arc et ce flambeau,
   Arrache ces flèches cruelles,
   Retranche ces perfides ailes,
  Et de ses yeux fais tomber ce bandeau.
Ah! ce n'est point l'amour, ce n'est point sa figure;
Pour soumettre nos cœurs lui faut-il une armure?
Retire de sa main ce brandon enflammé :
Non, l'amour comme Mars ne doit pas être armé.
— Comment peindrais-je donc le fils de Cythérée?
— Comment? viens, suis mes pas, et reprends ton
 pinceau.
Contemple Éléonore, et ta verve inspirée
Aisément de l'amour concevra le tableau.
— Quel objet ravissant! qu'il est digne de plaire!
   Mais comment rendre tant d'appas?
J'osai peindre l'amour que je ne voyais pas;
Ma main, quand je la vois, n'ose peindre sa mère.

# LA VENGEANCE DE L'AMOUR,

## A ÉLÉONORE.

*Musique de J. J. Monsigny (\*).*

———

Quand Vénus punit Peristère
Pour une corbeille de fleurs ,
Dans les cavernes du mystère
L'amour fut pleurer ses douleurs.
Mais que fais-je ici ? Quelle enfance !
Formons, dit-il, une beauté
Plus aimable que l'innocence,
Plus douce que la volupté.

Alors , vers le Dieu de la lyre
Il s'élance d'un vol léger :
Calme , lui dit-il, mon martyre,
De Vénus il faut nous venger.

(\*) Chez Monsieur Monsigny , au grand magasin de
musique , Boulevard du Temple , à Paris.

Qu'il naisse une nouvelle Grâce,
Aimable et sensible à la fois ;
Que sur la terre et qu'au Parnasse
Chacun obéisse à ses lois.

Oh ! je veux faire davantage,
S'écrie aussitôt Apollon ;
Que les vertus soient son partage,
Moi, de l'esprit je lui fais don.
L'amour dit : je fais plus encore ;
Qu'elle ait le pouvoir de l'amour.
Et c'est ainsi qu'Éléonore
Pour mon bonheur reçut le jour.

# LA PARURE.

## A ÉLÉONORE.

Négligé, Éléonore, une vaine parure,
Son éclat emprunté ne peut rien sur mon cœur.
    Mes yeux charmés dévorent ta figure,
Et ne s'occupent point d'un prestige trompeur.
C'est au printemps du monde, au siècle de la vie
    Qu'on a surnommé *l'Age d'Or* ;
A ce siècle divin d'amour et de féerie,
Qu'un tendre sentiment valait mieux qu'un trésor :
    C'est dans cet âge, hélas ! que je regrette,
Qu'un luxe scandaleux, par la mode inventé,
    Ne surchargeait point la beauté,
Et que la plus aimante était la plus parfaite !
Un simple vêtement couvrait seul ses appas,
Il dessinait sa grâce et ne la cachait pas.
    Ce vermillon, qu'à présent on achète,
    Par la nature était mieux apprêté ;
On ne le devait point à l'art de la toilette,
Et le plaisir plus pur en était mieux goûté.

Qu'Apollon inspire ta bouche,
Que les Grâces toujours s'expriment par tes yeux,
Et qu'un souris délicieux
M'annonce ingénument que ma flamme te touche.
En faut-il davantage à mes regards épris?
Sans de vains ornemens on admira Cypris
Lorsque le trop heureux Pâris
Partagé sur le choix de la troupe immortelle,
Donna la pomme *à la plus belle.*


Ne cherche point à t'embellir ;
L'art n'est qu'une riche imposture.
Et qui pourrait s'énorgueillir
De cet outrage à la nature ?
Non, non ; n'accorde pas aux soins de la parure
Un temps que tu dois au plaisir.

# A M. Auguste GAUDE.

Comme en nos champs une jeune bergère,
Belle d'appas et de simplicité ,
   Ne songe pas même à nous plaire ,
Ainsi ta muse et facile et légère
Au ton brillant joint la naïveté ,
   Et quand la gloire est ton salaire
   Tu fuis son éclat si vanté.
En te jouant tu sèmes tes ouvrages
Et de finesse et de grâce et de sel.
Ton vers aimable et toujours naturel ,
De tes rivaux enlève les suffrages.
Puisse le Dieu qui sait nous enflammer
Orner de fleurs tout le cours de ta vie !
Et sois toujours , malgré la sombre envie ,
Maître dans l'art d'écrire et de charmer.

*P. S.* Ces vers à Monsieur Gaude sont faits depuis long-temps. Les *rivaux* dont je parle , sont ses émules dans la carrière littéraire. Quant à *l'envie* , on sent que c'était

annoncer par une sorte de prédiction, le sa-
tirique dont j'ai relevé plusieurs faux juge-
mens. Puisse-t-il se corriger ; puisse-t-il
soigner davantage son style ; puisse-t-il ne
consacrer ses vers qu'aux faveurs de l'amour,
qu'aux charmes de la gloire, qu'à la chute
d'Albion, qu'au triomphe de la France !

C'est ainsi qu'en partant je *lui* fais mes adieux.

*( Gresset.)*

F I N.

le us
juge
se-t-il
t-il ne
nou,
chute
!

x.

www.ingramcontent.com/pod-product-compliance
Lightning Source LLC
Chambersburg PA
CBHW060839180626
46818CB00004B/1507